COLLECTION

EUGÈNE PIOT

ESTAMPES, DESSINS & MINIATURES

COLLECTION EUGÈNE PIOT

ESTAMPES

ANCIENNES ET MODERNES

DESSINS

Miniatures — Planches

PARIS. — IMPRIMERIE DE L'ART

E. MÉNARD ET Cⁱᵉ, 41, RUE DE LA VICTOIRE

CATALOGUE

D'ESTAMPES

ANCIENNES & MODERNES

DES DIVERSES ÉCOLES

DESSINS DU XVIᵉ SIÈCLE

Miniatures tirées de manuscrits des XIIIᵉ, XIVᵉ, XVᵉ et XVIᵉ siècles

Planches gravées sur métal et sur bois

Provenant de la

Collection de feu M. EUGÈNE PIOT

DONT LA VENTE AURA LIEU

HOTEL DROUOT, SALLE Nᵒ 5

Les Lundi 2 et Mardi 3 Juin 1890

à 2 heures précises

Par le Ministère de **Mᵉ PAUL CHEVALLIER**, commissaire-priseur

10, rue de la Grange-Batelière, 10

Assisté de **M. JULES BOUILLON**, marchand d'estampes

de la Bibliothèque Nationale

3, rue des Saints-Pères, 3

CONDITIONS DE LA VENTE

———

Elle sera faite au comptant.

Les acquéreurs payeront *cinq pour cent* en sus des adjudications, applicables aux frais de la vente.

———

DÉSIGNATION

ESTAMPES

ALIX
(P. M.)

1 — *Michu*, du théâtre de l'Opéra-Comique. In-4° en couleur.
Bonne épreuve.

ANDREA
(ZOAN)

2 — Panneau arabesque entremêlé de figures. (B., 25.)
Très belle épreuve.

ANDREANI
(ANDREA)

3 — Jésus-Christ mis au tombeau, d'après J. Scolari. (B., II, 25.)
Gravure sur bois. Très belle épreuve.

4 — Le Triomphe de Jésus-Christ, d'après le Titien. (B., V, 9.)
Gravure sur bois. Belle épreuve de la copie en contre-partie.

5 — La Vertu, d'après J. Ligozzi. (B., VIII, 9.) Deux épreuves dont une
imprimée en camaïeu.

ANONYME
(xvᵉ siècle)

6 — Un Moine franciscain lisant, assis devant un pupitre, dans un jardin environné d'une haie. Titre du livre : « Pomerium de tempore, fratris Pelbarti ordinis Sancti francisci ». (Pass., t. I, p. 101.)

Belle épreuve.

ANONYME
(xviᵉ siècle)

7 — L'Exécution de plusieurs rois (sujet biblique). Grande estampe en huit planches publiée à Venise. Sur bois.

Superbe épreuve. Très rare.

ANONYME

8 — Figures pour un jeu de cartes. Douze sujets imprimés sur une même feuille.

ANONYMES

9 — Armoiries et ex-libris. 14 pièces.

AUDRAN
(J.)

10 — *Coypel* (Noel), d'après lui-même. In-fol.

Belle épreuve.

BALDINI
(BACCIO)

11 — Le Sauveur. (B., 58.)

Dessin à la plume de l'estampe ornant l'ouvrage intitulé : *Il monte Sancto di dio.* 1477.

BALDINI
(BACCIO)

12 — L'Enfer, Saint Jérôme. 22 épreuves de ces deux pièces, plus quelques photographies et reproductions d'estampes anciennes.

BARGUES
(MARCIAL DE)

13 — Bustes de guerriers et de femmes, saints et saintes, vases de fleurs et prières au milieu de guirlandes de feuillages. 47 planches gravées sur bois. A Lyon, par Marcial de Bargues, s. d., 1 vol. in-4°, cart. Fig. coloriées.

BARTOLOZZI
(F.)

14 — Portrait d'une jeune femme, debout dans un paysage, tenant un manchon de la main gauche, d'après Th. Lawrence. In-fol.

Très belle épreuve avant la lettre, marge.

15 — *Bingham* (Miss), d'après Sir Joshua Reynolds.

Très belle épreuve imprimée en bistre, marge.

16 — *Spencer* (The Countess), d'après Sir Joshua Reynolds.

Très belle épreuve imprimée en bistre, marge.

17 — *Lady Elizabeth Foster*, d'après Sir Joshua Reynolds.

Très belle épreuve imprimée en bistre.

18 — The Fair Moralist an her pupil, d'après Cosway.

Très belle épreuve.

19 — Billet de concert, 1789.

Belle épreuve. Rare.

BAUR
(W.)

20 — Livre nouveau de diverses nations. Suite de huit pièces.

Très belles épreuves.

BEATRIZET
(NICOLAS)

21 — Hippolyte de Gonzague, fille de Ferdinand. (R. D., 39.)

Très belle épreuve.

BEHAM
(B.)

22 — *Charles-Quint.* (B., 60.)

Très belle épreuve.

BERTAUX
(D'après)

23 — Les Recruteurs à la ville. — Les Recruteurs à la campagne. Deux pièces faisant pendants, gravées par Auvray.

Belles épreuves.

BERTELLI
(F.)

24 — Costumes publiés vers 1563. 37 pièces.

BLOT
(M.)

25 — *Winkelmann,* d'après A. R. Mengs. In-fol.

Très belle épreuve.

BOLDRINI
(NICOLO)

26 — Le Sacrifice d'Abraham, d'après le Titien. (Pass., vi, p. 223, n° 3.)
Grande estampe en quatre planches, gravée sur bois. Très belle épreuve.

27 — Samson trahi par Dalila. (Pass., vi, p. 233, n° 5.)
Gravure sur bois. Très belle épreuve.

28 — Les Six Saints, d'après le Titien. (Pass., vi, p. 233, n° 53.)
Gravure sur bois. Très belle épreuve.

29 — Saint Jérôme au désert, d'après le Titien. (Pass., vi, p. 235, n° 58.)
Gravure sur bois. Très belle épreuve.

30 — Le Mariage de sainte Catherine, d'après Titien. (Pass., vi, p. 235, n° 61.) — Trois singes imitant le groupe de Laocoon. (Pass., vi, p. 243, n° 97.)
Gravures sur bois. Belles épreuves.

31 — Vénus et l'Amour. (B., vii, 29.)
Gravure sur bois. Belle épreuve.

BONNART

32 — Le Cours de la vie de l'homme ou les differens dégrez des ages.
Belle épreuve.

BONASONE
(J.)

33 — Michel-Ange Bonarotti. (B., 345.)
Très belle épreuve.

34 — La même estampe.
Belle épreuve.

2

BOQUET

(D'après L.)

35 — Cartouche pour une adresse de distillateur, gravé par le Bas.

Très rare épreuve avant l'inscription au milieu.

BOSIO

(D.)

36 — La Bouillotte, en couleur.

Superbe épreuve, grande marge.

BOSSE

(ABR.)

37 — La Mort du mauvais riche. (G. D., 41.) — Donner à manger à ceux
qui ont faim. — Donner à boire à ceux qui ont soif. — Visiter les
prisonniers. — Vestir les nuds. Quatre pièces des œuvres de miséri-
corde.

Belles épreuves.

38 — Les Comédiens de l'hôtel de Bourgogne. (G. D., 1268.)

Très belle épreuve, marge.

39 — Le Jardin de la noblesse française. Suite de dix-huit planches dont
nous n'avons que seize. (1301-1318.)

Très belles épreuves; les six dernières sont avec les numéros.

40 — L'Imprimeur. — Le Graveur en taille-douce. — Le Cordonnier. —
La Vieillesse. 4 pièces.

Belles épreuves.

BOUCHER-DESNOYERS
(A.)

41 — La Visitation, d'après Raphael.

    Belle épreuve.

42 — Les Muses et les Piérides, d'après Perino del Vaga.

    Belle épreuve.

BRUGGEN
(J. VANDER)

43 — *Van-Dyck* (Antoine), d'après lui-même. In-fol. en manière noire.

    Très belle épreuve.

BRY
(DE)

44 — Frise ornée d'amours montés sur des dauphins.

    Belle épreuve.

BURGMAIR
(HANS)

45 — La Vierge et l'Enfant Jésus. (B., 9.)

    Gravure sur bois. Très belle épreuve.

46 — Le Roi de Gutzin porté sur un brancard par quatre sauvages, précédé et suivi par une douzaine d'autres de ses sujets, dont les uns
jouent de divers instruments et les autres portent des armes. (B. et
Pass., 77.)

    Très belle épreuve de la copie, avec inscription.

BUSINCK
(LOUIS)

47 — La Sainte Famille, d'après G. Lallemand.

    Gravure en clair-obscur. Très belle épreuve.

CALLOT
(J.)

48 — Estampes décorant le livre intitulé : Il Solimano, tragedia del conte Prospero Bonarelli, 1620. (M., 434-439.) Suite de six estampes. — La Carrière ou rue neuve de Nancy. — Les Caprices, etc. 48 pièces.

    Belles épreuves.

49 — Entrées de Monseigneur Henry de Lorraine, marquis de Moy. (M., 490.)

    Belle épreuve. Rare.

50 — Estampes décorant le livre intitulé : Combat à la barrière, par Henry Humbert. (492-501.) 10 pièces.

    Belles épreuves.

51 — Tragédie de Soliman. — Bohémiens. — Combats militaires, etc. 8 pièces.

CARDON
(ANT.)

52 — *Recamier* (Mme), d'après R. Cosway. In-fol.

    Belle épreuve.

CARICATURES

53 — Dighton. Les Professeurs de l'Université d'Oxford, représentés en caricatures. 8 pièces.

CARMONTELLE
(D'après L. C. DE)

54 — Léopold Mozart jouant du violon, sa fille Marianne Mozart, âgée de onze ans, chantant, et J. G. Wolfgang Mozart, âgé de sept ans, au clavecin, gravé par Delafosse. In-fol.

CARPI
(UGO DA)

55 — David coupant la tête à Goliath, d'après Raphael. (B., 1-8.) — Ananie tombant mort, d'après Raphael. (B., II, 27.) — Sibylle, d'après Raphael. (B., V, 6.) — Diogène, d'après le Parmesan. (B., VI, 10.) Deux épreuves d'impression différente. 5 pièces.

Gravures imprimées en clair-obscur. Très belles épreuves.

CARS
(L.)

56 — *Anguier* (Michel), sculpteur, d'après Revel. In-fol.

Très belle épreuve.

CATHELIN
(L. J.)

57 — *Vernet* (Joseph), d'après Vanloo. In-fol.

Très belle épreuve.

CHARLET, RAFFET ET VERNET

58 — Albums lithographiques, 1832. 25 pièces.

CHATAIGNIER

59 — Audience publique du Directoire, en couleur.

> Belle épreuve.

CHODOWIECKI
(D.)

60 — Cabinet d'un peintre.

> Belle épreuve.

CRUIKSHANK
(G.)

61 — Suite de 26 pièces gravées à l'eau-forte pour illustration d'un roman.

> Très belles épreuves.

62 — Soixante pièces gravées à l'eau-forte pour illustration de livres anglais.

COCHIN
(CH. N.)

63 — Estampe allégorique relative à la convalescence de Madame de Pompadour.

> Très belle épreuve.

64 — Les Chats de Mme Dudeffant.

> Belle épreuve.

65 — Bal paré à Versailles, pour le mariage de Monseigneur le Dauphin, 1745. Carte d'entrée.

> Très belle et ancienne épreuve.

COCHIN

(CH. N.)

66 — Bal paré à Versailles, pour le mariage de Monseigneur le Dauphin, 1747. Carte d'entrée.

Très belle et ancienne épreuve.

67 — *Le Sueur* (Eustache). In-fol.

Très belle épreuve.

68 — *Sarazin* (Jacques), l'aîné. In-fol.

Très belle épreuve.

COCHIN

(D'après C. N.)

69 — La Justice protège les Arts. — Allégorie sur la vie de Monseigneur le Dauphin. — La Justice fait prendre la plume, la Raison dicte. 3 pièces gravées par Demarteau.

Très belles épreuves.

70 — Solennité des mariages célébrés suivant l'intention du Roy, par la ville de Paris, à la naissance de Mgr le duc de Bourgogne, en 1751.

Deux épreuves, dont une non entièrement terminée, avant toutes lettres.

71 — L'École de dessin, par B. L. Prevost.

Très belle épreuve.

72 — Rien n'est beau que le vrai, gravé par Aug. de Saint-Aubin.

Très belle épreuve avant la lettre.

73 — Vignettes, fleurons et en-têtes pour livres du xviiie siècle. 25 pièces, dont plusieurs à l'état d'eau-forte.

Très belles épreuves.

COCHIN
(D'après C. N.)

74 — Fleurons et en-têtes de pages pour divers ouvrages. 14 pièces, dont
quelques-unes avant la lettre ou à l'eau-forte.

Très belles épreuves.

75 — En-têtes de pages pour oraisons funèbres. 15 pièces avant la lettre,
plusieurs sont à l'état d'eau-forte.

Très belles épreuves.

76 — Vignettes, fleurons et frontispices pour illustration de livres du
xviiie siècle. 180 pièces.

Très belles épreuves en grande partie tirées hors texte.

CORIOLANO
(B.)

77 — Buste d'Amour, d'après le Guide. (B., vii, 2.)

Gravure en clair-obscur. Belle épreuve.

78 — Les Géants, d'après le Guide, grande estampe en quatre feuilles.
(B., vii, 11.)

Gravure sur bois, imprimée en clair-obscur. Très belle épreuve.

COSTUMES

79 — ANONYME. Oh! heigh! oh! or a view of the back settlements. —
The preposterous head dress, or the featherd lady. 2 pièces critiques
sur les hautes coiffures, publiées en 1776.

80 — CHEREAU (A PARIS, CHEZ). Costumes français. 3 pièces coloriées.

81 — Chodowiecki (D.). Modes allemandes, costumes et coiffures, tirés
d'almanachs de poche et autres. 470 pièces.

Très belles épreuves.

COSTUMES

82 — DIVERS. Costumes anglais, publiés sous le titre de : La Belle assemblée, 1806-1813. 134 pièces, en noir et en couleur.

83 — Costume de l'armée russe. 4 pièces.

84 — *Lanté* (D'après). Les Ouvrières de Paris. Suite de 36 pièces, gravées par Gatine.

    Très belles épreuves, en feuilles.

85 — LASINIO ET AUTRES. Costumes allemands et italiens. 30 pièces coloriées.

86 — SUNTACH (publié par). Nouveau Manuel et exercice par pelotons que l'on pratique dans l'armée de Sa Majesté britannique. 5 pièces.

87 — Costumes du cabinet des modes, copies allemandes publiées en 1791. 31 pièces en 1 vol. in-4° cart.

CRANACH
(L.)

88 — Un Tournoi. (B., 124.)
    Très belle épreuve.

CRANACH
(Attribué à LUCAS)

89 — Portraits de princes et princesses des maisons de Saxe et de Wurtemberg. 11 pièces in-fol., gravures sur bois.

    Belles épreuves.

DALEN
(C. VAN)

90 — *Boccace* (J.). — *Barbarelli* (G.), dit le Giorgion. Deux portraits, d'après le Titien.

    Très belles épreuves avant la lettre.

3

DAULLÉ
(JEAN)

91 — *Mariette* (Jean), graveur, d'après A. Pesne. (Del., 43.)

    Très belle épreuve.

DEBUCOURT
(P. L.)

92 — Les Courses du matin ou la porte d'un riche, 1805.

    Très belle épreuve, marge.

DECAMPS

93 — Le Pieu monarque.

    Belle épreuve.

DELACROIX
(EUG.)

94 — Hamlet. Treize sujets dessinés par Eug. Delacroix. A Paris, chez Gihaut frères.

    Très belles épreuves sur chine, dans la couverture de publication.

95 — Un Bonhomme de lettres en méditation. — Grand-Opéra. — Le Théâtre-Italien. 11 épreuves de ces 3 pièces.

DELAFOSSE
(D'après)

96 — Suite de cartels et trophées gravés par Germain. 4 pièces.

DELAUNE
(ÉTIENNE)

97 — Quelques-unes des sciences figurées par des femmes debout au centre des compositions. (R. D., 404-409.) 6 pièces.

Très belles épreuves.

DIVERS

98 — Lettres d'Indulgences du xvie siècle. 4 pièces dont 2 imprimées sur vélin.

99 — Différents jeux de cartes en usage en Grèce, en Perse, en Assyrie, etc. 4 jeux différents.

100 — Cartes à jouer, dites cartes de Tarot. 77 pièces coloriées.

101 — Vignettes, en-têtes et fleurons pour illustrations de livres du xviiie siècle. 160 pièces, en grande partie tirées hors texte.

102 — Fond de coupe.—Frises et ornements divers, par Collaert, Delaune, Solis et autres. 20 pièces.

DREVET
(P. J.)

103 — Orléans (Louis, duc d'), d'après Coypel. In-4⁰.

Belle épreuve.

DREVET ET WILLE

104 — *Berton de Crillon* (J. L.), archevêque de Narbonne. (Le Bl., 111).
— *Orléans* (La Duchesse d'). 2 pièces.

Belles épreuves.

DUCERCEAU
(J. ANDROUET)

105 — Les Petits temples. 27 pièces. Sans titre.

106 — Détails d'ordres d'architecture. 7 pièces.

107 — Vues d'optique. 16 pièces y compris le titre.
Belles épreuves.

108 — Vases. 44 pièces.
Très belles épreuves.

109 — Tables, deux sujets sur une même feuille.
Belle épreuve.

DUCHANGE

110 — *Girardon* (François), d'après H. Rigaud. In-fol.
Très belle épreuve, marge.

DURER
(ALBERT)

111 — La Passion de Jésus-Christ. Suite de trente-sept estampes, dite la petite Passion. (B., 16-52.) Manque le titre.
Très belles épreuves tirées sans texte.

112 — La Vie de la Vierge. Suite de vingt estampes. (B., 76-95.) Manque le titre. Exemplaire composé d'épreuves avant le texte, avec le texte et le texte effacé.
Belles épreuves.

113 — Desseins de broderie en blanc sur un fond noir. (B., 140 et 142.) 2 pièces.
Très belles épreuves. Rares.

DURER
(ALBERT)

114 — Titre de l'Apocalypse. — Portraits et sujets religieux. 6 pièces gravées sur bois.

Bonnes épreuves.

DURER
(Par et d'après)

115 — La Vierge au singe. — La Mélancolie. — Le Cheval de la mort. —
L'Enlèvement d'Amymone. — La Sainte Vierge tenant l'Enfant Jésus
sur ses genoux, assise dans un paysage. 23 épreuves de ces cinq
pièces.

DURER
(D'après ALBERT)

116 — Costumes du xvi° siècle, reproduction d'après les dessins d'Albert
Dürer dans la Collection Albertine, à Vienne. Chromo-xylographie
par F. W. Bader à Vienne, 1871. 5 pièces avec texte, dans la couver-
ture de publication.

DUVAL
(MARC)

117 — Grotesques représentant les Saisons. (R. D., 6, 8, 9 et 10.)

Très belles épreuves.

DYCK
(ANT. VAN)

118 — *Dyck* (Antoine van). (W., 4.) — *Du Pont* (Paul), graveur. (W., 11.)
— *Snellinx* (Jean), peintre. (W., 12.) — *Suttermans* (J.), peintre.
(W., 16.) 4 portraits.

Belles épreuves.

ÉCOLE FLORENTINE
(xv⁰ siècle)

119 — Deux amours soutenant un médaillon. Pièce en forme de frise, coloriée.

ÉCOLES ITALIENNE ET ALLEMANDE PRIMITIVES

120 — La Nativité. — La Vierge assise sur un trône. — La Vierge et l'Enfant Jésus. — Allégorie sur la passion de Jésus-Christ. — Le Christ en croix. — Jésus au tombeau. — Saint Jérôme, etc. 10 pièces.

ÉCOLE ITALIENNE

121 — En-têtes de lettres et de brevets pour la République Cisalpine, cartes de visites italiennes, etc. 23 pièces.

    Très belles épreuves.

ÉDELINCK
(G.)

122 — *Champagne* (Ph. de), d'après lui-même. (R. D., 163.)

    Bonne épreuve.

123 — *Silvestre* (Israel), d'après C. le Brun. (R. D., 319.)

    Très belle épreuve.

EISEN
(CH.)

124 — Adresse de Magny, ingénieur pour l'horlogerie. In-4⁰.

    Très belle épreuve.

EISEN

(D'après CH.)

125 — Affiches, annonces et avis divers. Pièce in-8° gravée par Delafosse.

Belle épreuve.

126 — Louis XVI et Marie-Antoinette représentés au milieu de figures allégoriques. 2 pièces faisant pendants, gravées par De Longueil.

Superbes épreuves avant toutes lettres.

127 — Allégorie sur la peinture. Deux compositions différentes gravées par N. Le Mire.

Très belles épreuves.

128 — Titres, vignettes, en-têtes et fleurons pour illustration de livres du xviii° siècle. 60 pièces.

Très belles épreuves.

129 — Suites de vignettes in-8° pour les œuvres de Voltaire, Lucrèce. En-têtes pour divers ouvrages. 60 pièces.

130 — En-têtes, fleurons et vignettes pour illustration de livres. 133 pièces, en grande partie tirage hors texte.

EISEN ET GRAVELOT

(D'après)

131 — Vignettes pour les Contes de La Fontaine (refusées), et le Décaméron de Boccace. 17 pièces.

Belles épreuves.

FICQUET
(ÉT.)

132 — Charles *Eisen*, d'après Vispré. (F., 51.)

    Très belle épreuve, marge.

133 — Jean de *La Fontaine*, de l'Académie française, d'après Rigaud.
(F., 62.)

    Très belle épreuve, marge.

FLORIS
. (D'après F.)

134 — Histoire de Jacob. Suite de six pièces.

    Très belles épreuves.

GAUTIER
(THÉOPHILE)

135 — Portrait de l'auteur. — L'Imagination. — Le Rêve. — Titre frontispice pour la Couronne de Bleuets. 2 épreuves de 1ᵉʳ et 2ᵉ état.
5 pièces.

    Très belles épreuves. Rares.

GELLÉE
(CLAUDE, dit le Lorrain)

136 — *Relatione delle feste fate dall' Eccellentiss. Sig. Marchese di
Castello Rodrigo Ambasciatore delle Maestà Catholica, nella
Elettione di Ferdinando III Re de Romani. All' Illᵐᵒ Sig. Giustino
Landi. In Roma. Appresso Francesco Cavalli, 1637. Con licenza
de' superiori.* Titre et six feuillets de texte illustrés de quatre figures
gravées sur bois.

    A ce livre sont ajoutées neuf pièces des feux d'artifice gravées par
Claude Lorrain, que nous allons indiquer en renvoyant au supplé-

ment du *Peintre-Graveur* de Robert Dumesnil, publié par M. Duplessis. Tome XI, page 183.

1° Atlas supportant le Globe du monde. (R. D., 30.)

Épreuve du premier état, avant les lettres C. L. à la gauche du bas.

2° Le Globe terrestre supporté par Atlas vole en éclats. (R. D., 31.)

Épreuve du deuxième état, le trait carré du bas est divisé en une sorte
d'échelle métrique.

3° Neptune debout sur une vasque. (R. D., 29.)

Épreuve du premier état, avant le numéro xvi à l'angle gauche du haut.

4° Tour carrée, crénelée et flanquée de bastions surmontés de
figures portant la couronne royale. (R. D., 32.)

Épreuve du premier état, avant les lettres c l au milieu du bas.

5° Même composition que la planche précédente, avec cette diffé-
rence que le feu d'artifice est allumé sur les quatre faces de la tour.
(R. D., 33.)

6° La tour carrée s'écarte par l'effet de l'artifice, et laisse apercevoir une tour ronde. (R. D., 35.)

7° La tour carrée a entièrement disparu. (R. D., 36.)

Épreuve avant le chiffre 50 dans la marge du bas.

8° La tour ronde éclate et laisse apercevoir la statue du Roi des
Romains. (R. D., 37.)

9° Sur une place de Rome, la statue du Roi des Romains, posée
sur un piédestal, fait face à un palais situé à gauche. (R. D., 40.)

Épreuve du premier état, avant les lettres C. L.

La relation de cette fête avec les eaux-fortes de Claude Lorrain est de la
plus grande rareté. Les épreuves sont superbes, avec marges.

137 — Partie de l'œuvre de Claude Lorrain, en 52 pièces, dont beaucoup
de doubles.

4

GHANDINI

(ALEX.)

138 — La Vierge entourée de saints, d'après le Parmesan. (B., iii, 25.)
Gravure imprimée en clair-obscur. Belle épreuve.

GLUME

(J. G.)

139 — Portrait d'une vieille femme, représentée assise dans un fauteuil. In-4°.
Belle épreuve.

GOLTZIUS

(H.)

140 — Hercule tuant Cacus. (B., 231.) Deux épreuves d'impression différente.
Gravure en clair-obscur. Très belle épreuve.

GOLTZIUS

(D'après H.)

141 — Les Planètes. Suite de sept estampes.
Très belles épreuves, avec marges.

GOYA

(F.)

142 — Los Desastros de la Guerra : Coleccion de ochenta laminas inventadas y grabadas al agua fuerte por Don francisco Goya, publicata la R¹ Academia de Nobles artes de san fernando. Madrid, 1863. Suite de 80 pièces, en livraisons.

GOYA
(F.)

143 — Vingt-deux pièces de la suite des Caprices.
Très rares épreuves d'essai, avant la lettre.

144 — Caprices, 7 pièces. Lithographies d'après Goya.
Belles épreuves.

GRAVELOT
(D'après H.)

145 — Vignettes pour Marmontel, les Saisons de Saint-Lambert, etc.;
fleurons et en-têtes divers. 50 pièces.

GRAVELOT ET EISEN
(D'après)

146 — Vignettes in-8° pour le Décaméron de Boccace. 35 pièces.

GRAVELOT, DE SEVE, MOREAU, ETC.

147 — Vignettes, fleurons et en-têtes de pages, adresses, etc. 27 pièces.
Très belles épreuves.

GRAVURE EN MANIÈRE CRIBLÉE (?)

148 — *Annonciation à la Vierge.* Elle est assise au milieu d'une enceinte,
près d'une petite fontaine, et devant elle se tient une licorne. [Plus
exactement : et sa main gauche s'appuie sur le cou d'une licorne,
dont les jambes de devant reposent sur sa robe à plis tourmentés.]
A droite, devant une porte qui dépasse de beaucoup en hauteur la
petite enceinte en palissades, est debout l'ange de l'Annonciation,

tenant un javelot de chasse et soufflant dans une corne d'où sort une banderole avec l'inscription : *Ave Maria*, etc. Trois chiens de chasse accompagnent l'ange et chacun d'eux tient dans la gueule une banderole avec une inscription allégorique ; d'autres inscriptions encore sont disséminées sur la planche. En haut, à gauche, au second plan, Dieu le Père en buste, au milieu d'une nuée flamboyante. — Haut., 131 millim.; larg., 91 millim.

Pièce de la plus grande rareté, en épreuve d'une conservation parfaite.

Cette pièce provient de la vente Liphart. Dans le catalogue, elle est décrite sous le n° 1626, comme ci-dessus. Pour nous, cette estampe n'est pas en manière criblée ; elle n'en a que l'aspect. C'est un travail dans le genre de nielle, fait sur métal, mais d'une autre façon que les estampes en criblé.

GRECHE
(DOM. DALLE)
(xvie siècle)

149 — Pharaon submergé, d'après le Titien. (Pass., vi, p. 215 et p. 220, n° 6.)

Grande estampe en douze planches, gravée sur bois. Très belle épreuve. Rare.

GUYOT

150 — Les Dames Artistes faisant offrande à l'assemblée de leurs joyaux. Très belle épreuve en couleur.

HÉLIOGRAVURES

151 — Suite d'estampes d'après les anciens maîtres, publiée sous le titre de : Société Internationale Chalcographique, Londres, Paris et Berlin. Années 1886 et 1887. Contenant 40 planches.

152 — Reproductions d'estampes des Écoles italienne et allemande primitives. 37 pièces.

HOLLAR
(W.)

153 — *Aretin* (Pierre). In-8°.

Belle épreuve, marge.

15i — *Wael* (Lucas et Cornelius de), d'après Van Dyck. In-fol.

Belle épreuve.

155 — Costumes de femmes. 16 pièces imprimées sur huit feuilles.

156 — Muscarum scarabeorum. Verpiumq; varie figure et formæ omnes primo ad vivum coloribus depictæ et ex collectione Arundélian a Wenceslao Hollar aqua forti æri-insculptæ Antverpiæ Anno 1646. Suite de 12 pièces.

Belles épreuves.

HOPPNER
(D'après J.)

157 — Cecilia, par J. Baldrey.

Très belle épreuve, imprimée en bistre.

INGOUF LE JEUNE

158 — *Flipart* (J. J.). In-4°.

Très belle épreuve.

JACKSON
(J. B.)

159 — Sujets religieux, d'après divers maitres italiens.

11 pièces imprimées en clair-obscur. Belles épreuves.

JEAURAT
(E.)

160 — Vleughels (Nicolas), d'après Ant. Pesne. In-fol.

Belle épreuve.

JEGHER
(CHRISTOPH)

161 — Suzanne au bain, d'après Rubens. (Le Blanc, 1.)
Gravure sur bois. Très belle épreuve du premier état.

162 — Repos en Égypte, d'après P. P. Rubens. (Le Bl., 4.)
Gravure sur bois. Très belle épreuve du premier état.

163 — L'Enfant Jésus et saint Jean, d'après P. P. Rubens. (**Le Bl.**, 5.)
Gravure sur bois. Très belle épreuve du premier état.

164 — Jésus-Christ tenté dans le désert, d'après Rubens. (Le Bl., 6.)
Gravure sur bois. Très belle épreuve du premier état.

165 — Hercule exterminant la Fureur et la Discorde, d'après P. P. Rubens. (Le Bl., 13.)
Gravure sur bois. Belle épreuve du premier état.

166 — Silène ivre soutenu par un satyre et un faune, d'après P. P. Rubens. (Le Bl., 14.)
Gravure sur bois. Très belle épreuve.

167 — Petit drapeau de la Vierge, de la chapelle au Horst, près d'Anvers.
— Sujets religieux en deux frises, sur une même feuille.
Deux pièces gravées sur bois. Belles épreuves.

KAUFFMANN
(ANGELICA)

168 — Portraits et sujets gravés à l'eau-forte. 10 pièces.
Très belles épreuves.

KLAUBER
(J. S.)

169 — *Allegrain* (Christian-Gabriel), d'après Duplessis; In-fol.
Très belle épreuve avant la dédicace, marge.

LASINIO

170 — Portrait d'Édouard Dagoty, « inventeur de la gravure en couleur, né à Paris l'an 1745, mort à Florence l'8 May 1783 ». Gr. in-fol.

> Très belle épreuve, en couleurs. Très rare.

LAWRENCE
(D'après Sir TH.)

171 — Portrait d'homme, à mi-corps, vu de face, gravé à la manière noire par Ch. Turner. In-fol.

> Très belle épreuve avant la lettre.

LE BAS
(J. P.)

172 — *Le Lorrain* (Robert), d'après Drouais. In-fol.

> Très belle épreuve.

LECŒUR
(F.)

173 — Bal de la Bastille : *Ici l'on danse*, d'après Swebach-Desfontaines, en couleur.

> Superbe épreuve. Rare.

LE MIRE
(N.)

174 — Cartouche pour billet d'entrée à la Comédie-Italienne.

> Très rare épreuve avant la lettre.

LOCHON
(R.)

175 — *Thou* (J. A. de), d'après Dumonstier. In-fol.

Belle épreuve.

LUTMA
(J.)

176 — J. Vondelius. — Tacite. Deux portraits en buste.

Belles épreuves.

177 — *Lutma* (J.), le fils, 1681. In-fol.

Très belle épreuve.

178 — Divinités marines. — Jupiter enlevant Proserpine. Deux pièces gravées au pointillé.

Très belles épreuves.

MAITRE AU MONOGRAMME M. O.

179 — Un Prince porté dans une litière par deux chevaux, et accompagné par sept hallebardiers. (B., 4 vol. IX, p. 156.)

Gravure sur bois. Belle épreuve.

MANTEGNA
(ANDREA)

180 — Jésus-Christ ressuscité. (B., 6.)

Belle épreuve.

MARCUARD
(ROBERT)

181 — *Bartolozzi* (F.), d'après Reynolds. In-fol.

Très belle épreuve.

MARTINI
(P. A.)

182 — The Exhibition of the Royal Academy, 1787, d'après H. Ramberg.
Très belle épreuve.

183 — Exposition au Salon du Louvre en 1787.
Très belle épreuve.

MASI
(J.)

184 — *Bodoni* (Jean), typographe célèbre. In-8°.
Belle épreuve.

MATHEUS
(G.)

185 — Marthe et Madeleine allant au temple, d'après Raphael. (B., II, 12.)
Gravure en clair-obscur. Très belle épreuve.

MEISSONIER
(E.)

186 — Le Fumeur.
80 épreuves de premier tirage, en grande partie sur papier teinté, sur chine.

MELLAN
(CL.)

187 — *Mellan* (Cl.). — Vaiani (Anna-Maria). — *Camus* (Pierre). — *Marolles* (Michel de). — *Habert de Montmor* (H. L.), etc. 8 portraits in-8° et in-fol.
Belles épreuves.

MONNIER
(H.)

188 — Recueil contenant :

1° Mœurs administratives dessinées d'après nature, par Henri Monnier. 10 pièces et 1 titre, en hauteur.

2° Mœurs administratives dessinées d'après nature, par Henri Monnier, ex-employé au ministère de la justice, 1828. 8 pièces et 1 titre, en largeur.

3° Les Petites félicités humaines. — Les Petites misères humaines, par Henri Monnier. 9 pièces.

4° Jadis et Aujourd'hui, par Henri Monnier. 4 pièces.

5° Sujets divers, par L. Boilly, Traviés, Wattier, Pigal, Philipon, etc. 18 pièces. Toutes ces pièces coloriées, en 1 vol. in-4° cart.

MONTCORNET
(Chez B.)

189 — Livre curieux contenant la naifve représentation des habits des femmes des diverses parties du monde comme elles s'habillent à présent, 1661. Dedié à Monsieur Rocolet, imprimeur et libraire ordinaire du Roy et de la ville. Chez Baltazar Moncornet, rue Saint-Jacques, à la belle Croix, à Paris. 20 pièces, dont 1 titre.

Très belles épreuves, avec grandes marges.

MOREAU ET BOUCHER
(D'après)

190 — Un titre et six vignettes pour : *les Grâces.*

Très belles épreuves.

MOREELSEN
(P.)

191 — Un Amour dansant avec deux jeunes femmes. (Pass., I, p. 124.)

Gravure en clair-obscur. Très belle épreuve. Rare.

MORIN
(J.)

192 — *Lemercier* (Jacques), d'après Ph. de Champagne. (R. D., 69.)
Belle épreuve.

MULLER
(J. G.)

193 — *Leramberg* (Louis), d'après Belle. In-fol.
Très belle épreuve.

194 — *Wille* (J. G.), d'après Greuze. In-fol.
Très belle épreuve.

NANTEUIL
(R.)

195 — *Marolles* (Michel de). Abbé de Villeloing. (R. D., 171.)
Belle épreuve du premier état.

· NIELLES

196 — Reproduction des nielles et estampes curieuses de la collection
Cicognara. 150 pièces.

NOVELLI

197 — Partie de son œuvre, gravé à l'eau-forte. 154 pièces en 1 vol. in-fol.,
demi-rel. veau.

PARMESAN
(F. MAZUOLI, dit le)

198 — Saint Pierre et saint Jean guérissant les malades, d'après Raphael.
(B., IV, 27.)
Gravure imprimée en clair-obscur. Belle épreuve.

PARMESAN
(D'après le)

199 — Cent cinquante estampes, fac-similé d'après des dessins du Parmesan, gravées par Rosaspina, Zanetti et autres. 1 vol. in-fol., demi-rel. veau.

PERELLE

200 — Vues de Versailles et paysages divers. 76 pièces.

PESNE
(J.)

201 — Poussin (Nicolas). (R. D., 6.)
Belle épreuve.

PICQUET
(CLAUDE)

202 — Molière (François de), d'après Dumonstier. In-8°.
Belle épreuve avant le nom du personnage dans le haut.

PIERRE
(J. B.)

203 — Mascarade chinoise faite à Rome le Carnaval de l'année 1735, par MM. les Pensionaires du Roy de France en son Academie des arts.
Belle épreuve.

PLANO
(J. DE)

204 — Zanetti (Anton. Marie), d'après lui-même. In-4°.
Belle épreuve.

PLANER ET VARIN

205 — *Hoym* (Ch. Henry, comte de), d'après Rigaud. In-fol.
Belle épreuve, sur chine.

POILLY
(J. B.)

206 — *Cleve* (Corneille van), d'après J. Vivien. In-fol.
Très belle épreuve, marge.

POILLY
(J. DE)

207 — *De Troy* (François), d'après lui-même. In-fol.
Très belle épreuve.

PUNT
(J.)

208 — Vignettes, d'après Boucher, pour illustrer les œuvres de Molière.
20 pièces.

QUENEDEY

209 — Portraits dessinés au physionotrace. 11 pièces.
Belles épreuves.

RAIMONDI
(MARC-ANTOINE)

210 — Le Quos-ego. (B., 352.)
Bonne épreuve.

RAJON

(P.)

211 — *Meissonier* (E.), d'après lui-même.

Belle épreuve avec dédicace.

ROSSI

(A.)

212 — *Parme* (le duc et la duchesse de), représentés en buste, sur une même feuille, d'après Ferrari. In-8°.

Très belle épreuve.

ROTA

(MARTIN)

213 — Le Jugement universel, d'après Michel-Ange. (B., 28.)

Très belle épreuve.

ROWLANDSON

214 — L'Heureuse Famille. — Amours d'un Oriental. 2 pièces.

Très belles épreuves.

RUBENS

(D'après P. P.)

215 — Titres de livres gravés par Corneille Galle et autres, publiés à Anvers. 43 pièces.

SCHAEUFELEIN
(HANS)

216 — Jésus-Christ célébrant la Cène avec ses disciples dans une grande salle, au fond de·laquelle la vue donne dans deux appartements. (B., 26.)

Gravure sur bois. Très belle épreuve.

SCHENK ET PITTERI

217 — *Kneller* (G.). — *Lely* (P.), d'après Campiglia. Deux portraits in-4°.

Belles épreuves.

SILVESTRE
(ISRAEL)

218 — Vues de Paris, de France et d'Italie. 20 pièces.

Très belles épreuves.

SOLIS
(V.)

219 — Copies d'ornements de diverses suites. 37 pièces.

SURUGUE
(P. L.)

220 — *Guillain* (Simon), d'après N. A. Coypel. In-fol.

Très belle épreuve.

SYLVIUS
(BALTHASAR)

221 — Ornements d'entrelacs noirs ou blancs. 26 pièces dont 19 copies.

TARDIEU

(J. N.)

222 — *Le Lorrain* (Robert), d'après Nonnotte. In-fol.

Très belle épreuve.

THOMASSIN

(S. H.)

223 — *Thierry* (Jean), d'après N. Largillière. In-fol.

Belle épreuve.

THOMASSIN

(PH.)

224 — Composition avec bordure, pour décoration d'un bouclier, d'après B. Passari.

Très belle épreuve.

TRENTE

(ANT. DE)

225 — La Sibylle Tiburtine et Auguste, d'après le Parmesan. (B., v, 7.) — La Prudence. (B., viii, 6.) 2 pièces.

Gravures imprimées en clair-obscur. Belles épreuves.

TRIMOLET ET E. WATTIER

226 — L'Hyver. — Le Joueur de guitare. Deux compositions ayant été publiées dans le *Cabinet de l'Amateur*. 100 épreuves de ces deux pièces, dont plusieurs avant la lettre.

TROUVAIN
(ANT.)

227 — *Houasse* (René-Antoine), d'après Tortebat. In-fol.

   Très belle épreuve.

VALLÉE
(SIMON)

228 — *De Troy* (Jean), d'après F. de Troy. In-fol.

   Très belle épreuve.

VALLET
(G.)

229 — *Corneille* (Pierre), d'après A. Paillet. In-fol.

   Très belle épreuve.

VERNET
(D'après C.)

230 — Congé absolu, gravé par Godefroy.

   Très belle épreuve.

VICO
(ENEAS)

231 — Le Pape *Jules III.* (B., 236.) — *Doni* (Ant.-François). (B., 245.) — *Gelli* (J. B.). (B., 246.) — *Henri II*, roi de France. (B., 247.) 4 pièces.

   Belles épreuves.

VISSCHER
(CORNEILLE)

232 — Buste de femme, d'après le Parmesan.

   Belle épreuve.

VRIESE
(J. VRIEDMAN DE)

233 — Architecture. 31 pièces de 2 suites différentes, avec texte.

WAGNER
(J.)

234 — *Carriera* (Rosalba), d'après elle-même. In-fol.
> Superbe épreuve avant toute lettre, marge.

235 — Le même portrait.
> Très belle épreuve du même état, plus une épreuve avec la lettre. Deux pièces.

WATSON
(TH.)

236 — *Sheridan* (M^{rs}). Sous la figure de sainte Cécile, d'après Sir Joshua Reynolds.
> Très belle épreuve, en couleur.

WATSON
(CAROLINE)

237 — *West* (Benjamin), d'après Stuart. In-4°.
> Belle épreuve.

WATTEAU
(D'après ANT.)

238 — *Watteau* (Antoine), gravé par Boucher. In-fol.
> Très belle épreuve.

WATTEAU
(D'après ANT.)

239 — L'Automne. — Le Printemps. 2 pièces arabesques gravées par F. Boucher.

Belles épreuves.

240 — Comédiens italiens. — Comédiens français. 2 pièces faisant pendants, gravées par Liotard et Baron.

Très belles épreuves.

241 — Antoine de la Roque, par Lepicié.

Très belle épreuve.

WESTALL
(D'après)

242 — Les Amours traînant aux pieds de Vénus le sanglier qui tua Adonis, gravé par W. Holl.

Très belle épreuve en couleur, marge.

WIERIX
(Les)

243 — *Albret* (Jeanne d'), reine de Navarre. (Alvin, 1840.)

Très belle épreuve.

244 — *Aquanus* (Corneille), antiquaire. (Alvin, 1856.)

Belle épreuve, l'inscription du bas coupée.

245 — *Médicis* (Catherine de). (Alvin, 1975.)

Très belle épreuve.

246 — *Maio* (Joanni), pictori. Portrait non décrit; en bas, à droite, les initiales J. H. W. et vers latins en dessous.

Très belle épreuve.

WILLE
(J. G.)

247 — *Briseux* (C. E.), architecte. In-fol.

Très belle épreuve.

248 — PARROCEL (Joseph), d'après H. Rigaud. In-fol.

Très belle épreuve, marge.

WOERIOT
(P.)

249 — Livre des bagues et anneaux. 21 pièces, dont 18 copies.

ZAN
(B.)

250 — Dessin d'un gobelet. Pièce servant de titre à une suite.

Très belle épreuve.

ZANETTI
(ANT. M.)

251 — Diversarum iconum, quas ex autographis schedis francisci Mazzuolae
Parmensis ex Museo suo depromsit et monochromatas typis vulgavit
Antonius Maria Zanetti, 1re et 2e parties. 2 vol. in-fol., veau, avec
armoiries sur les plats contenant 100 pièces gravées en camaïeu, à
l'eau-forte et au burin, par Zanetti, Faldoni, et aussi une suite de
10 pièces gravées à l'eau-forte par Tiepolo.

ZANETTI

(ANT. MARIE)

252 — Différents sujets, d'après le Parmesan et Raphael. 12 pièces imprimées en clair-obscur.

Belles épreuves.

253 — Sous ce numéro, il sera vendu 15 portefeuilles d'estampes anciennes
de toutes les écoles, photographies, etc.

DESSINS

ALEOTTI DETTO L'ARGENTA

254 — Recueil de dessins italiens du xvie siècle, par Aleotti et autres,
représentant de l'architecture, des études, ornements, dessins de
balistique, etc., en 1 vol. petit in-fol., demi-rel. vél.

BIBIENA

255 — Roues et ornementation d'un carrosse.

A la plume et lavis d'encre de Chine.

BONINGTON

(R. P.)

256 — Marines. — Bateaux et pêcheurs.

22 croquis au crayon noir et mine de plomb.

BOQUET

257 — Costumes de Vestris et de Mlle Guimard, dans des ballets joués en 1768 et 1773.

> 3 dessins à la plume et lavis d'aquarelle.

258 — Costume pour ballet.

> A la plume.

CALLOT
(École de)

259 — Un Prince suivi de son escorte.

> A la plume et lavis de sépia.

DELACROIX
(EUGÈNE)

260 — La Vierge sur un nuage, tenant la croix et le cœur de Jésus.

> 2 études : une au crayon, et l'autre à la plume et lavis rehaussé de blanc.

261 — Croquis et études pour Hamlet, Faust, etc.

> 8 dessins au crayon et lavis de sépia.

262 — Études de lions.

> 4 dessins à la plume et aquarelle.

263 — Croquis divers faits pendant les voyages d'Eugène Delacroix.
6 Albums in-8° cart. Pourront être vendus séparément.

> Proviennent de l'atelier d'Eugène Delacroix.

DENON
(Le baron)

264 — Recueil de portraits d'artistes, littérateurs, archéologues, etc.,
exécutés de 1806 à 1809, dont les noms suivent :

F. Seydelman. — Mechau. — Antonio Riedel. — Michele Wutky.
— Zauner. — Cav^{er} Landi. — Canova. — Cav^{er} Giovanni Chevardo
de Rossi. — Guatani et Ogieri. — Vincenzo Comuncini. — Schlik. —
Himel. — Zingarelli. — Reinhardt. — D'Este. — Felice Giani. —
Leopoldo Kisling. — Prince d'Oldenburg. — Bossi. — Andrea Cly-
piani. — Cte C. Verri Visconti. — Rosini. — Omeganck. — Muzio
Clementi.

25 portraits au crayon noir et mine de plomb, rehaussés de couleur, en
1 vol. in-8°, cart.

DENON
(Le baron)

265 — Recueil de portraits de femmes de la Société étrangère, exécutés
de 1806 à 1809, dont les noms suivent :

Mme Chevalier. — Mme Weller. — Mme Ritt. — Mlle Michel. —
Mlle Ghesler. — Les deux sœurs Bakounin. — La princesse Nathalie
Kourakin. — Mme Giuliani. — Mme Élisabeth Mouronzoff. — Mlle Anne
de Wsevalotsky. — Maria Alexievna Komekoff. — Mme Bachiloff. —
Mme Obreskoff. — Mme Osten. — La princesse Barbe Gallitzin. —
Mme Ronafinida. — Mme Mauronoff. — Mme Balk. — La princesse
Catherine Chikovskoy. — Alexandrina Kourakin. — Hélène Kourakin.
— Mlle Noisville. — Mme Hitroff. — Mlle Nathalie Pouchkin. — Nathalie
Cherbatoff. — Anne Cherbatoff. — Mme Chenotieff. — Princesse
Havansky. — Mlle Sachinya de Mietlief. — La signora Vincenza
Benelli. — Mme Hertz. — Mme Fleck. — Mlle Caroline Tichbein, etc.

38 portraits au crayon noir et mine de plomb, rehaussés de couleur, en
1 vol. in-8°, cart.

DIVERS

266 — Recueil de dessins, vues et scènes d'Italie.

27 dessins en 1 vol. in-fol. obl., cart.

ÉCOLE ITALIENNE DU XVᵉ SIÈCLE

267 — Vue d'une église d'Italie, de style byzantin.

Précieux dessin à la plume, sur vélin; au verso, études de fleurs et draperies.

ÉCOLE ITALIENNE
(xviᵉ siècle)

268 — Trois figures de femmes debout, et guirlandes de feuillages.

A la plume et lavis de sépia.

269 — Sous ce numéro, il sera vendu dix-huit dessins, modèles pour plafonds, cheminées, tombeaux et autels.

ÉCOLE ITALIENNE DU XVIIᵉ SIÈCLE

270 — Saint Antoine de Padoue en adoration devant la Vierge.

3 dessins différents à la plume et lavis de sépia.

JOYANT
(J.)

271 — Croquis faits en Italie vers 1842.

20 dessins à la plume.

LUCAS
(Imitateur de GOYA)

272 — Courses de taureaux. 2 dessins.

Aquarelles.

273 — Scène orientale.

Aquarelle.

LUCAS

(Imitateur de GOYA)

274 — Caprices et sujets divers.

> 5 dessins au lavis d'encre de Chine.

PALLADIO

(ANDREA)

275 — Tombeau du cardinal Bembo.

> A la plume et lavis de sépia. Signé.

276 — Autels.

> 2 dessins à la plume et lavis de sépia.

277 — Autels.

> 3 dessins à la plume et lavis de sépia.

PÈQUÈGNOT

278 — Scènes populaires.

> 2 dessins à la plume et lavis d'aquarelle.

POUSSIN

(N.)

279 — Croquis pour les Travaux d'Hercule.

> A la plume.

ROSALBA CARRIERA

280 — Portrait du comte Federico Boromei. Milanese.

A la plume et aquarelle.

281 — Portrait d'un jeune seigneur anglais.

A la plume et lavis, la figure à l'aquarelle.

282 — Portrait d'un jeune seigneur.

A la plume, la figure au lavis d'aquarelle.

283 — Portrait de la comtesse Simonetta Milanese.

A la plume.

284 — Portrait d'un jeune chevalier anglais.

A la plume.

RUBENS

(P. P.)

285 — Frontispice pour un livre in-folio, publié par les Plantin, à Anvers.

A la plume et lavis d'encre de Chine.

SERLIO

286 — Porte et chapiteaux.

3 dessins à la plume et lavis de sépia.

287 — Cheminées, tombeaux, portes, etc. 5 dessins.

A la plume et lavis de sépia.

UDINE
(J. D')

288 — Ornementation pour une voussure.

    A la plume.

289 — Ornementation pour un plafond, avec trois figures de femmes.

    A la plume et lavis de bleu.

290 — Composition d'ornements pour plafond d'un palais. 2 dessins.

    A la plume et lavis.

291 — Ornementations ornées des figures de Mercure et de guerriers, pour plafonds. 3 dessins.

    A la plume et lavis d'encre de Chine.

292 — Frises pour décoration de plafonds.

    2 dessins à la plume et lavis de sépia.

VITORIA
(A.)

293 — Un Tombeau.

    A la plume et lavis de sépia. Au verso, une inscription de la main de l'artiste.

294 — Ornements pour plafonds et hauts de portes. 3 dessins.

    A la plume et lavis de sépia.

295 — Portes de la Salute.

    3 dessins à la plume et lavis de sépia.

296 — Autel et décorations diverses de la Salute.

    4 dessins à la plume et lavis de sépia et d'aquarelle.

VITORIA

(A.)

297 — Porte de la Salute. — Haut de porte monumentale. — Un Tombeau. 3 dessins.

A la plume et lavis de sépia.

298 — Ornementation d'un haut d'autel. — Femme assise et figures de sirènes, pour un plafond. 2 dessins.

A la plume et lavis de sépia.

299 — Entrelacs pour un plafond. — Cartouches et ornements divers sur une même feuille. 2 dessins.

A la plume et lavis de sépia.

300 — Modèle de cheminée.

A la plume et lavis d'aquarelle et sépia.

301 — Grille. — Plan et entrée d'une chapelle.

3 dessins à la plume et lavis de sépia.

VANVITELLI

302 — Lucarne avec cariatides sur le côté.

A la plume et lavis de sépia.

303 — Sous ce numéro, il sera vendu quelques lots de dessins italiens du xvie siècle et quelques dessins français du xviiie siècle.

MINIATURES

TIRÉES DE MANUSCRITS DES XIIIe, XIVe, XVe ET XVIe SIÈCLES

---

304 — Jésus-Christ, la Vierge et saint Jean-Baptiste.

Superbe miniature italienne du xiiie siècle, qui paraît être de l'école de Cimabue, et où apparaît encore une forte influence de l'art byzantin.

Jésus est assis sur un trône, aux côtés duquel la sainte Vierge, de haute stature, et saint Jean-Baptiste se tiennent debout. Fond or. Au-dessus, une tablette avec l'inscription : †. MATER DI. IC. XC. † S. IOHES. BAT.

Retouchée.

> Haut., 197 millim.; larg., 175 millim.

304 *bis*. — Trois miniatures sur vélin, exécutées en Portugal.

1° Salomé dansant devant Hérode et la Décollation de saint Jean-Baptiste (haut., 137 millim.; larg., 139 millim). — 2° Un souverain, nu-pieds, suivi d'une foule, porte une grande équerre, emblème de saint Thomas l'apôtre, qui est le patron du Portugal (hauteur et largeur, 125 millim.) — 3° Un saint évêque, tenant une palme à la main, est précédé du clergé et suivi d'une foule (haut., 140 millim.; larg., 213 millim.) C'est encore un des patrons du Portugal.

Peintures du xiiie siècle, très importantes pour l'histoire de l'art, en raison de l'extrême rareté des œuvres des miniaturistes portugais de cette époque.

305 — Grandes initiales peintes.

62 initiales calligraphiques variées, sur fonds diaprés, azur sur carmin ou carmin sur azur, très décoratives. Découpées dans un antiphonal italien du xiiie siècle.

306 — Grandes initiales peintes.

50 initiales calligraphiques variées, sur fonds diaprés, azur et carmin, semblables aux précédentes et de provenance analogue. — Huit initiales calligraphiques diaprées, azur et carmin, provenant d'un psautier de lutrin du xiiie siècle.

307 — Grandes initiales enluminées.

> 28 initiales variées, peintes en or et en couleur, et provenant de livres manuscrits de lutrin italiens des xive et xve siècles.

308 — Grandes initiales enluminées.

> 25 initiales variées, d'une ornementation charmante, peintes en couleurs sans aucun emploi de l'or. Découpées dans un livre de lutrin italien du xive siècle, sur vélin. — 3 initiales peintes en or et en couleurs, dont l'une renferme un buste d'évêque. Provenant d'un antiphonal italien du xve siècle.

309 — Grandes initiales enluminées.

> 25 superbes initiales, peintes sur fond or, avec de fines diaprures, et débordant souvent sur la marge en riches rinceaux. Découpées dans des antiphonaires italiens du xve siècle, sur vélin.

310 — Dieu le Père et grandes initiales enluminées.

> Dieu le Père est assis sur un trône et entouré d'une auréole de chérubins. Figure peinte d'une façon remarquable et renfermée dans une belle initiale (B., haut., 160 millim.; larg., 190 millim.) diaprée, sur fond or. — 2 magnifiques initiales (D), à fleurs et à fruits, débordant sur les marges, et 5 autres initiales d'une ornementation ravissante, en or et en couleur.
>
> Provenant d'un manuscrit florentin du xve siècle, sur vélin.

311 — Copies des miniatures du Bréviaire du cardinal Grimani, conservé à la bibliothèque de Saint-Marc, à Venise.

> Six ravissantes gouaches reproduisant autant de peintures de ce célèbre manuscrit, exécuté par des artistes flamands de l'école de Memling : 1° *Saint Pierre*, en souverain pontife; 2° *Saint Paul;* 3° *Sainte Catherine d'Alexandrie*, avec la scène de sa décollation ; 4° *la même discutant avec les docteurs d'Alexandrie ;* sur la frise d'un édifice, on lit le mot : *Gosart*, qui est celui du peintre Gossaert, dit Jean de Maubeuge; 5° la *Procession de saints et de saintes*, ayant à sa tête la sainte Vierge tenant l'Enfant Jésus ; 6° le *Sacrement de l'Extrême-Onction*, scène de la vie de famille d'un grand intérêt ; dans le bas, *Combat des trois Vifs et des trois Morts*.

312 — Pages détachées des manuscrits florentins, avec miniatures, sur vélin.

> 1° Premier feuillet (in-folio) des statuts de la corporation des cordonniers de Florence, commençant par cette rubrique : *Incomincions e nuoui capitoli*

della copaguia de chalzolai della citta di Firenze... L'initiale du texte renferme une image de *la Vierge avec l'Enfant Jésus.* Belle bordure marginale avec les emblèmes de la corporation et une miniature représentant ses deux patrons : *SS. Crispin et Crispinien*, martyrs. xv⁰ siècle.

2° Premier feuillet (in-4°) des statuts de la confrérie attachée à l'église de San Quirico al Legnaia, datés de 1482. Initiale peinte en noir et en couleur avec l'image de saint Quirico. Au bas de la page, une couronne de laurier renfermant l'emblème de la confrérie (un bras tenant un clou), ayant pour tenants deux membres de la confrérie agenouillés.

3° Une charmante miniature représentant une *Jeune Fille*, à mi-corps, dans un médaillon. xv⁰ siècle.

4° Bordure inférieure d'une page, représentant un écusson d'armoiries tenu par deux anges, au milieu de rinceaux.

5° *Nativité de Jésus-Christ.* Belle miniature renfermée dans une grande initiale R (haut., 30 millim.), découpée dans un livre de lutrin.

313 — Saint Jean-Baptiste.

Le saint est représenté assis sur un rocher, dans un beau paysage, et il a auprès de lui l'agneau divin reposant sur le livre des Évangiles. Cette composition occupe le centre d'une belle initiale C, peinte sur fond or, et provenant d'un livre de lutrin italien de la fin du xv⁰ siècle, sur vélin.

Haut., 190 millim.; larg., 184 millim.

314 — Grandes initiales enluminées.

12 magnifiques initiales sur fond or, d'une belle ornementation. L'une d'elles, peinte en camaïeu or, porte au centre une tablette avec la date 1552. Découpées dans un antiphonal italien, sur vélin.

315 — La Sainte Vierge tenant l'Enfant Jésus.

La Madone est debout dans une salle à colonnes. De chaque côté, une religieuse agenouillée. Encadrement de feuillage.

Charmante miniature florentine du xvi⁰ siècle, sur vélin.

Haut., 138 millim.; larg., 120 millim.

PLANCHES GRAVÉES

SUR MÉTAL ET SUR BOIS

BALDINI

316 — L'Enfer.

Cuivre. Au verso est gravé un saint Jérôme, attribué à L. de Vinci.

CHASSERIAU
(TH.)

317 — Seize planches pour Othello, dont un frontispice inédit.

Cuivres de différentes dimensions

COCHIN
(D'après)

318 — Portrait de *Marin.*

Cuivre. Haut., 20 cent.; larg., 13 cent.

DELACROIX
(EUGÈNE)

319 — Tigre couché.

Cuivre. Haut., 10 cent.; larg., 15 cent.

DIVERS

320 — Planches gravées par Della Bella, et Danse des morts de l'école allemande du XVIIIe siècle, etc.

Neuf planches sur cuivre.

DUJARDIN

321 — Reproduction par l'héliogravure de deux estampes allemandes du
xvᵉ siècle, représentant une Descente de croix et le Mariage de la
Sainte Vierge.

> Cuivre. Haut., 30 cent.; larg., 23 cent.

ÉCOLE ALLEMANDE
(xvᵉ siècle)

322 — Les Trois Croix.

> Composition de nombreuses figures.

> Cuivre. Haut., 20 cent.; larg., 11 cent.

ÉCOLE MILANAISE
(xvᵉ siècle)

323 — La Sainte Épine.

> Cuivre. Haut., 20 cent.; larg., 13 cent.

ÉCOLES ALLEMANDE ET FLAMANDE
(xvıᵉ et xvııᵉ siècles)

324 — Frontispice d'un livre de fauconnerie. — Danse des morts. — Copie
d'une pièce de la Passion de Martin Schongauer. — Le Christ en croix
entre les deux Maries. — Portrait gravé par Goltzius, etc.

> Six planches gravées sur cuivre.

HOPFER
(G.)

325 — Adam et Ève, sur deux planches séparées.

> Haut., 29 cent.; larg., 11 cent.

8

MEISSONIER

(D'après)

326 — Le Petit Fumeur.

Cuivre. Haut., 12 cent.; larg., 10 cent.

SCHUPPEN ET VALLET

327 — Le Chancelier Seguier et Antoine Ferrand, conseiller d'État. Deux portraits in-fol.

Cuivres.

WIERIX

328 — La Vierge au singe, d'après Albert Dürer.

Cuivre. Haut., 19 cent.; larg., 13 cent.

329 — Sous ce numéro, il sera vendu un grand nombre de planches gravées sur cuivre et sur bois ayant été publiées dans le *Cabinet de l'Amateur*. Planches gravées sur bois et en relief, sur cuivre, du XVIᵉ siècle, ayant servi à l'ornementation des livres de cette époque, etc.

IMPRIMERIE DE L'ART

www.ingramcontent.com/pod-product-compliance
Lightning Source LLC
Chambersburg PA
CBHW060809180626
46818CB00002B/772